GABRIELA BAUERFELDT

ROSA
Rosa Parks

1ª edição – Campinas, 2019

"Gostaria de ser lembrada como uma pessoa que queria ser livre para que os outros também fossem livres." (Rosa Parks)

MOSTARDA EDITORA

Rosa Louise McCauley nasceu em 4 de fevereiro de 1913, na cidade de Tuskegee, no estado do Alabama, no sul dos Estados Unidos. Os avós de Rosa haviam sido escravos, e a menina veio ao mundo numa época nada fácil para os negros. Nesse período, os Estados Unidos viviam uma forte segregação, fruto da guerra que havia acontecido anos atrás.

A menina ouvia histórias de sua avó Louisie sobre o terrível período da escravidão. Ela contava que os negros foram arrancados de suas terras na África e levados para os Estados Unidos em navios com condições precárias. Quando chegavam, eles tinham que trabalhar de graça, pois eram considerados indignos de ter os mesmos direitos que os brancos. Não eram pagos e não tinham nenhum outro modo de conseguir uma vida melhor.

A Guerra Civil Americana, um grande conflito entre os povos do sul e do norte, ocorreu entre 1861 e 1865 e resultou na abolição da escravidão. Fruto de interesses econômicos, e não de uma verdadeira preocupação com os negros e com a igualdade, o fim da escravidão não trouxe medidas para a integração dos negros; pelo contrário, foram implantadas políticas de segregação racial nos estados do sul.

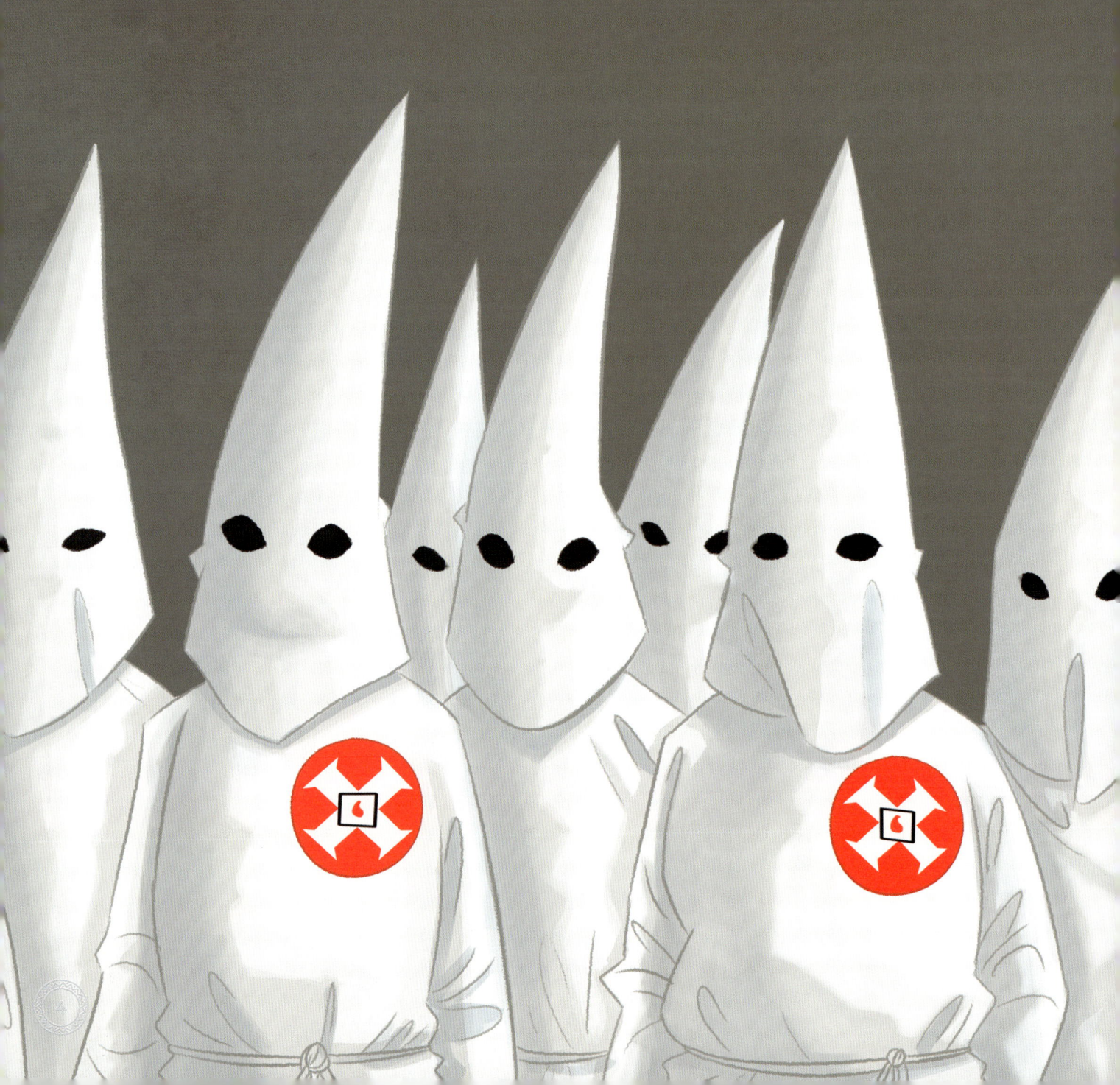

Além das histórias que escutava de sua avó, Rosa via seu avô nos conflitos constantes com a Ku Klux Klan, organização que defendia a todo vapor a supremacia branca. Os membros do grupo andavam com seus capuzes pelas cidades aterrorizando, agredindo e matando negros. À noite, o clima era de toque de recolher. Nenhum negro estava a salvo. Eles precisavam permanecer juntos na luta contra a brutalidade vigente na época. Esse era o cenário da vida de Rosa. Negra, de família pobre, ela crescia sob o horror da segregação.

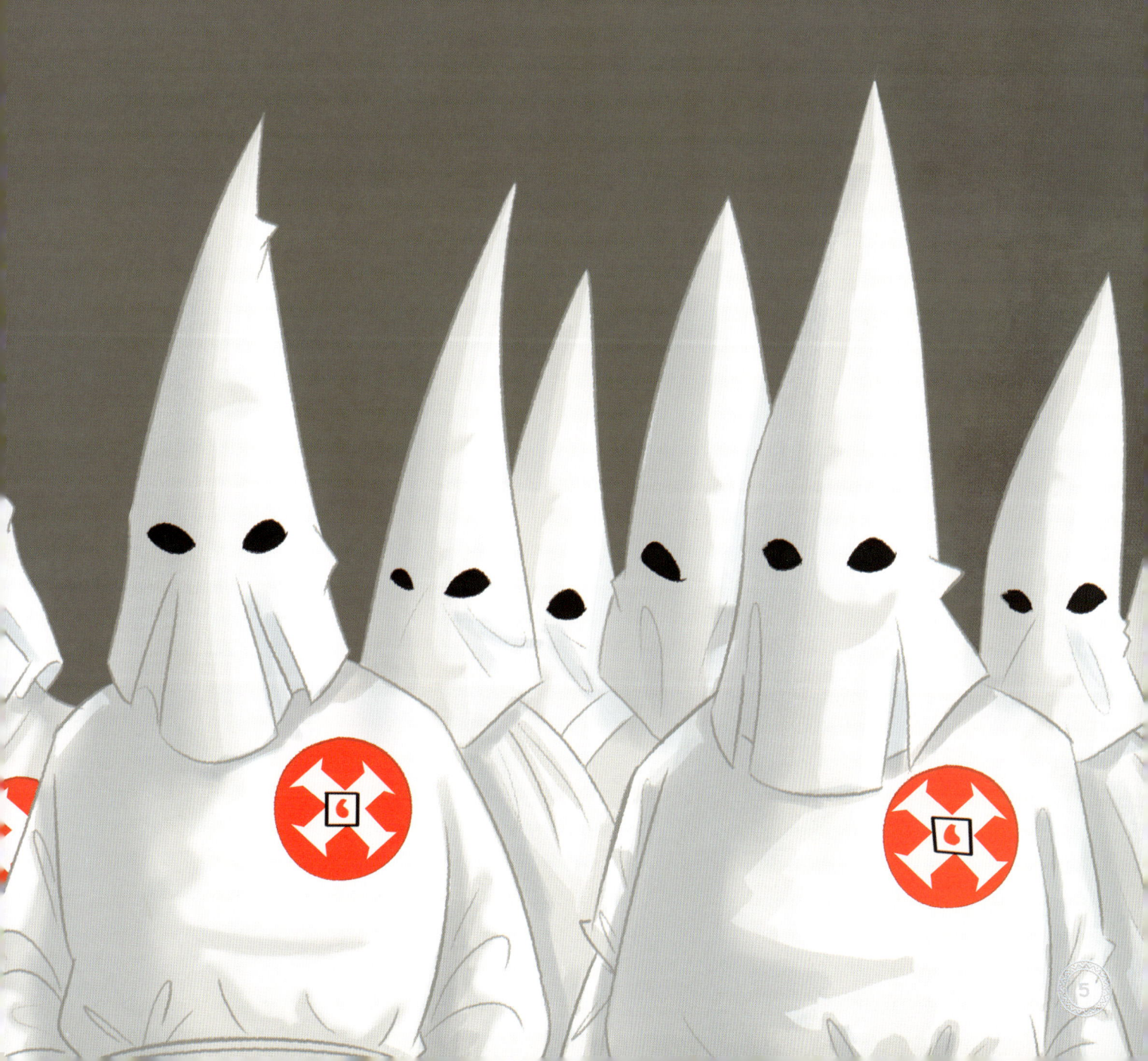

APENAS BRANCOS

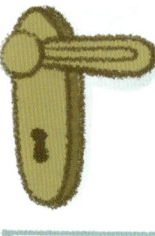

BANHEIRO PARA PESSOAS DE COR →

As leis que ficaram conhecidas como Leis de Jim Crow proibiam os negros de ter os mesmos direitos e frequentar os mesmos espaços dos brancos. Por exemplo, naquela época os bebedouros e banheiros que os negros podiam utilizar ficavam separados, assim como os lugares nos ônibus, os parques, as lojas, os restaurantes e as escolas. Negros e brancos não se misturavam e isso era garantido pelas leis que vigoravam nos estados do sul.

É claro que com Rosa não era diferente. Aos 11 anos, ela se mudou para Montgomery, capital do Alabama, e passou a frequentar a escola. Não era incomum Rosa ouvir xingamentos no caminho para a aula. A vida não era fácil, e o medo era um sentimento constante. Certa noite, a Ku Klux Klan se reuniu com tochas em frente a sua escola e invadiu o local. No dia seguinte, o interior da escola não passava de cinzas, e ninguém podia fazer nada.

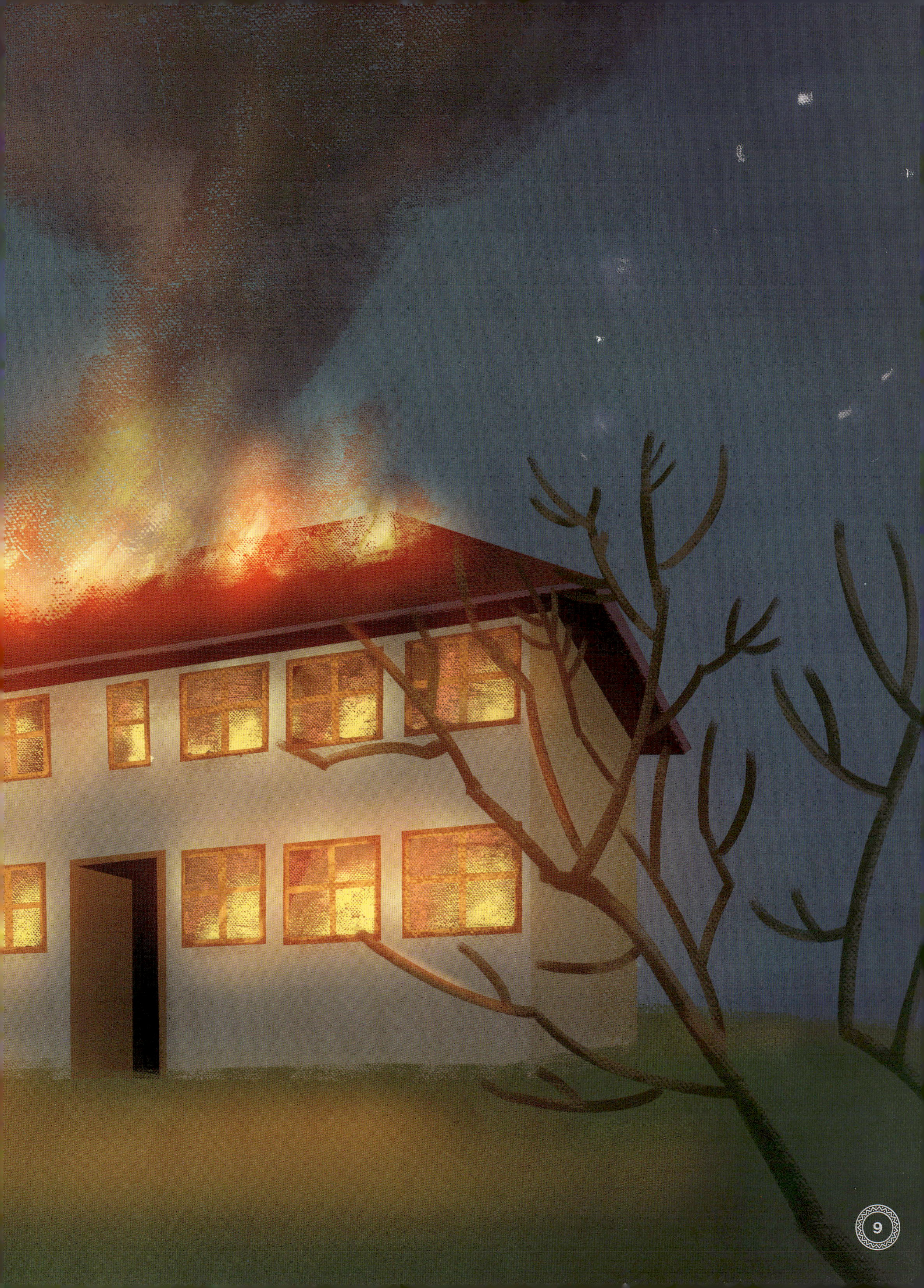

Para agravar a situação, a avó de Rosa ficou doente e não tinha mais forças para trabalhar e contribuir com as despesas da casa. Assim, a menina precisou deixar a escola e começou a trabalhar como costureira. Apesar de tudo, ela mantinha o sonho e a esperança de que um dia as coisas não seriam mais daquele jeito, mas, para isso, precisaria erguer as mangas, trabalhar e continuar acreditando.

11

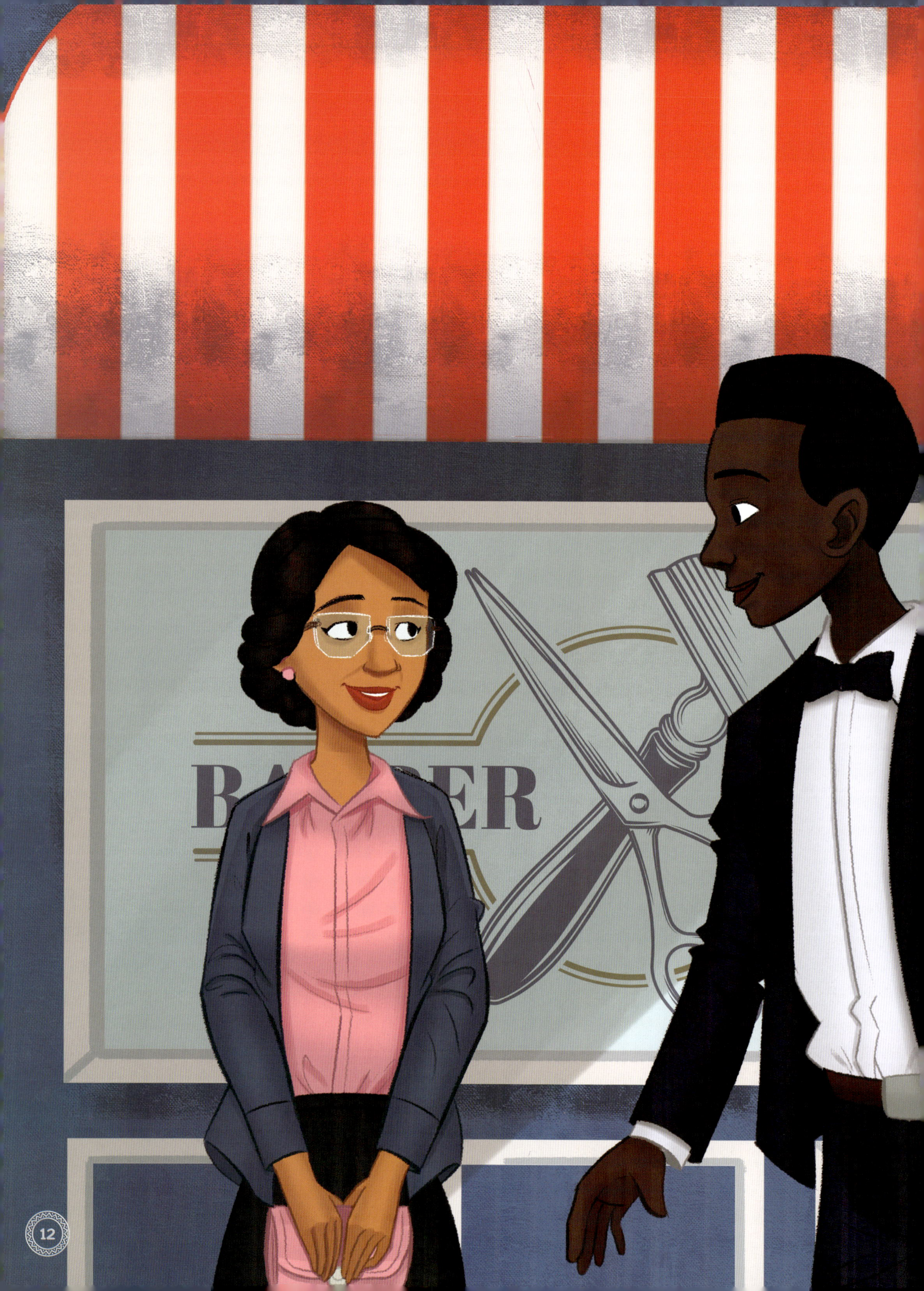

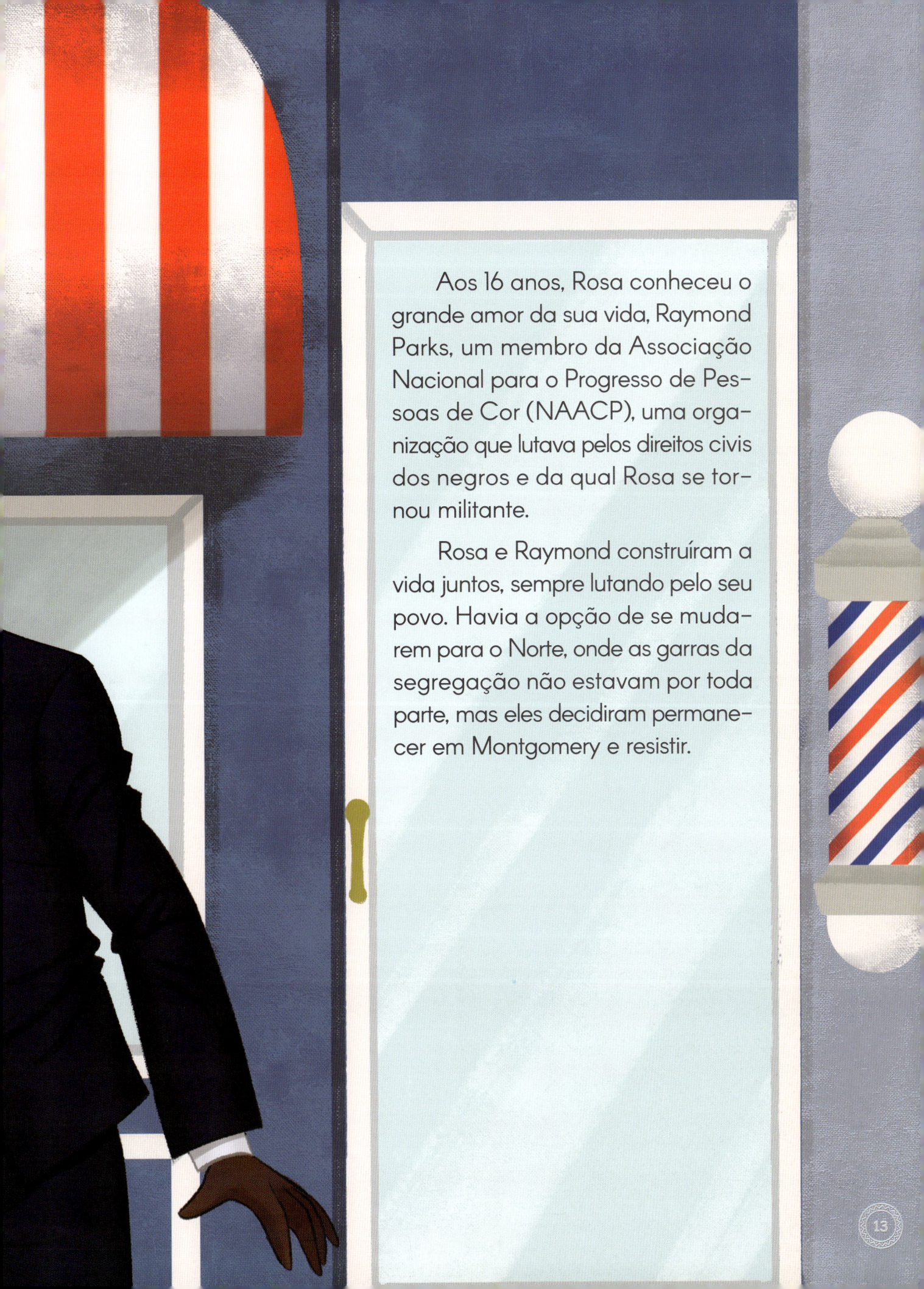

Aos 16 anos, Rosa conheceu o grande amor da sua vida, Raymond Parks, um membro da Associação Nacional para o Progresso de Pessoas de Cor (NAACP), uma organização que lutava pelos direitos civis dos negros e da qual Rosa se tornou militante.

Rosa e Raymond construíram a vida juntos, sempre lutando pelo seu povo. Havia a opção de se mudarem para o Norte, onde as garras da segregação não estavam por toda parte, mas eles decidiram permanecer em Montgomery e resistir.

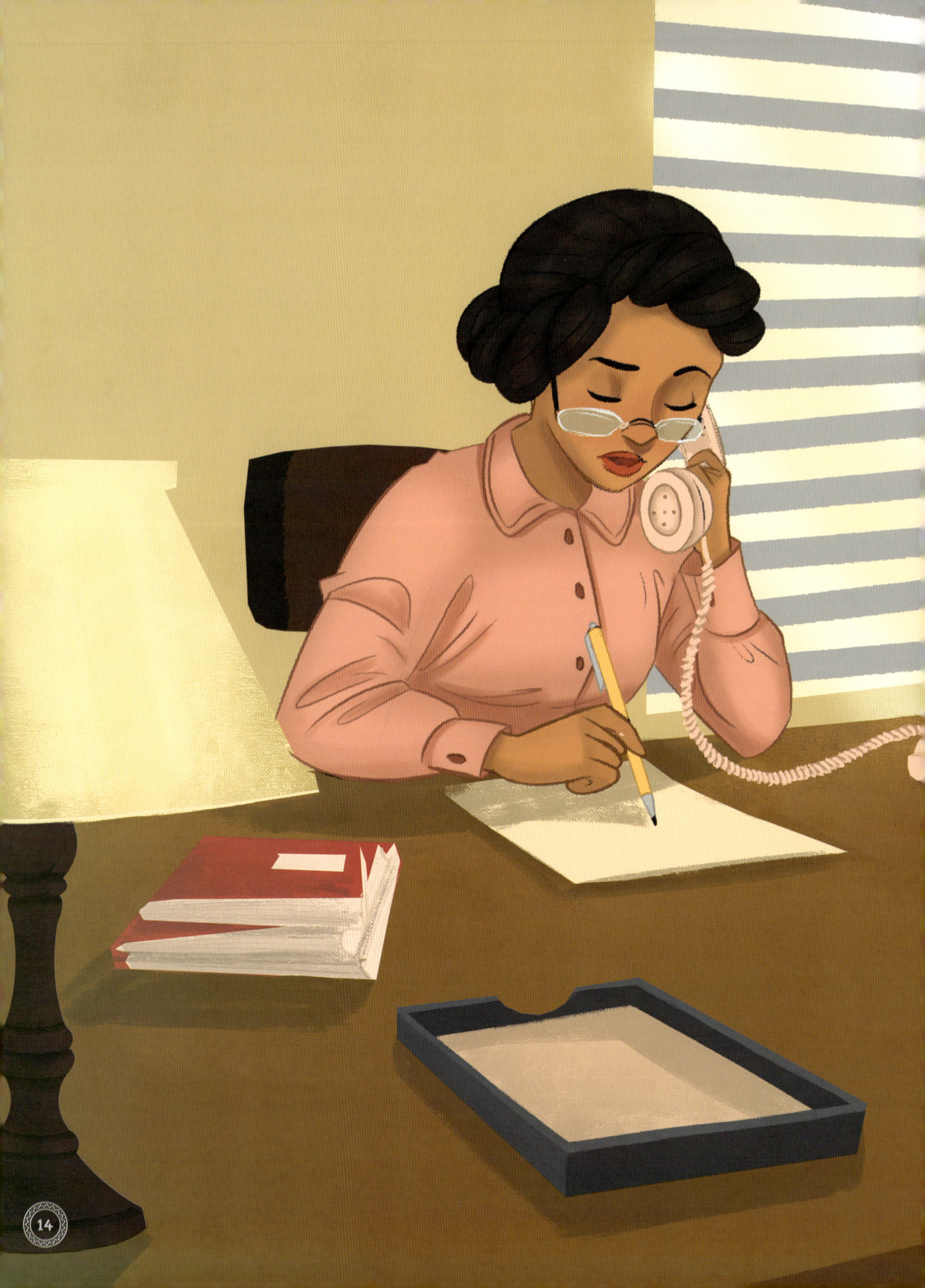

Rosa passou a trabalhar como secretária na Associação. Ela sabia do perigo que corria ao defender abertamente os direitos da população negra. Juntos, eles promoviam reuniões clandestinas para ajudar as pessoas que sofriam com as leis racistas.

Dia após dia chegavam notícias de crueldades cometidas contra os negros. Rosa Parks e todos os membros da Associação ficaram extremamente revoltados com o caso do jovem Emmett Till, de 14 anos, e decidiram se mobilizar.

Emmett Till estava em uma lanchonete com amigos e, segundo relatos, assobiou para uma mulher branca. A mulher contou a história de forma distorcida para o marido que, no dia seguinte, junto com o irmão, invadiu a casa do tio de Emmett, colocou o menino no porta-malas de um carro e o levou para um galpão. Ao chegarem ao galpão, eles espancaram Emmett, arrancaram seu olho e o mataram.

Essa atrocidade gerou uma comoção nacional. Como podiam ter feito isso com um ser humano?

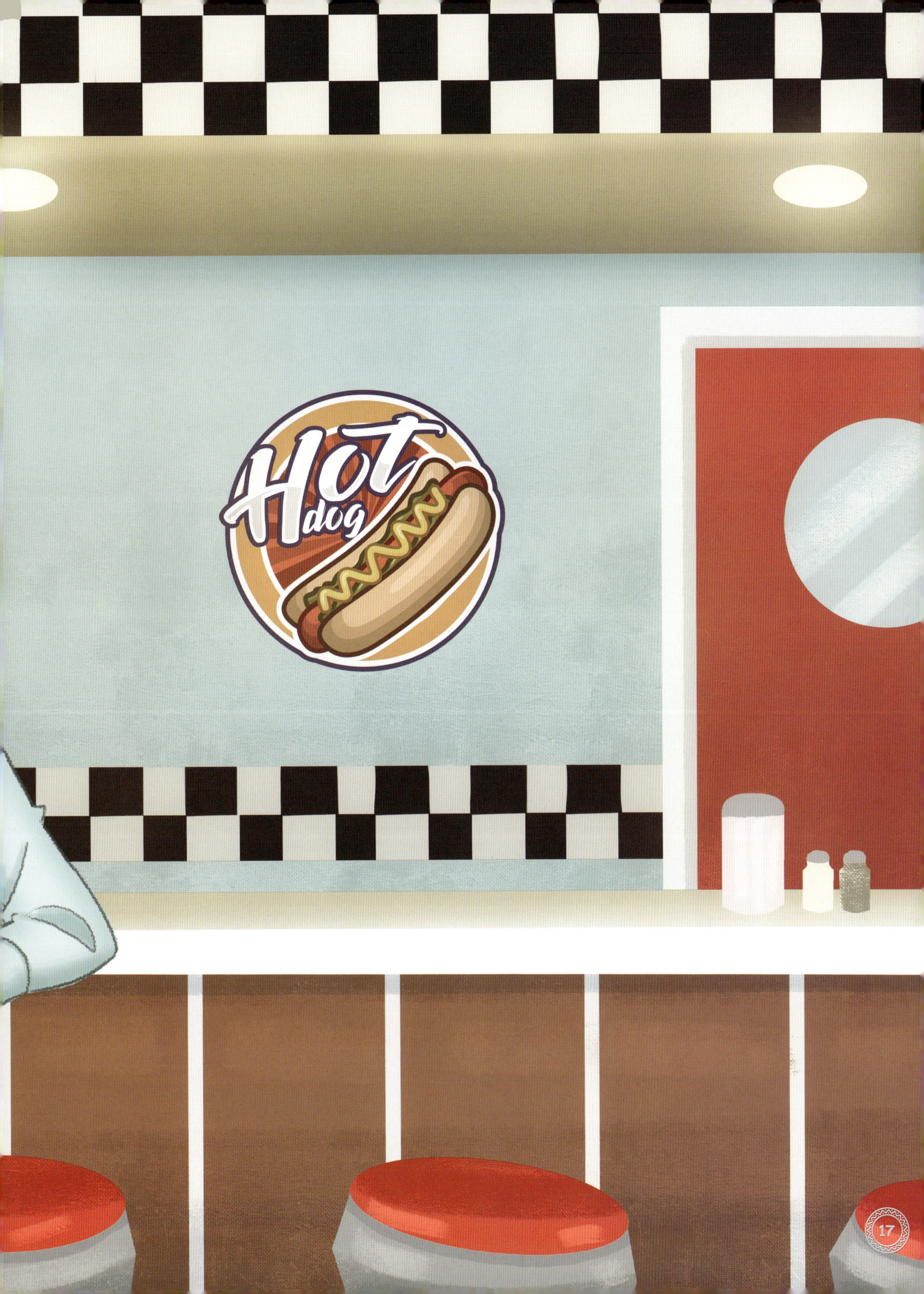
Hot dog

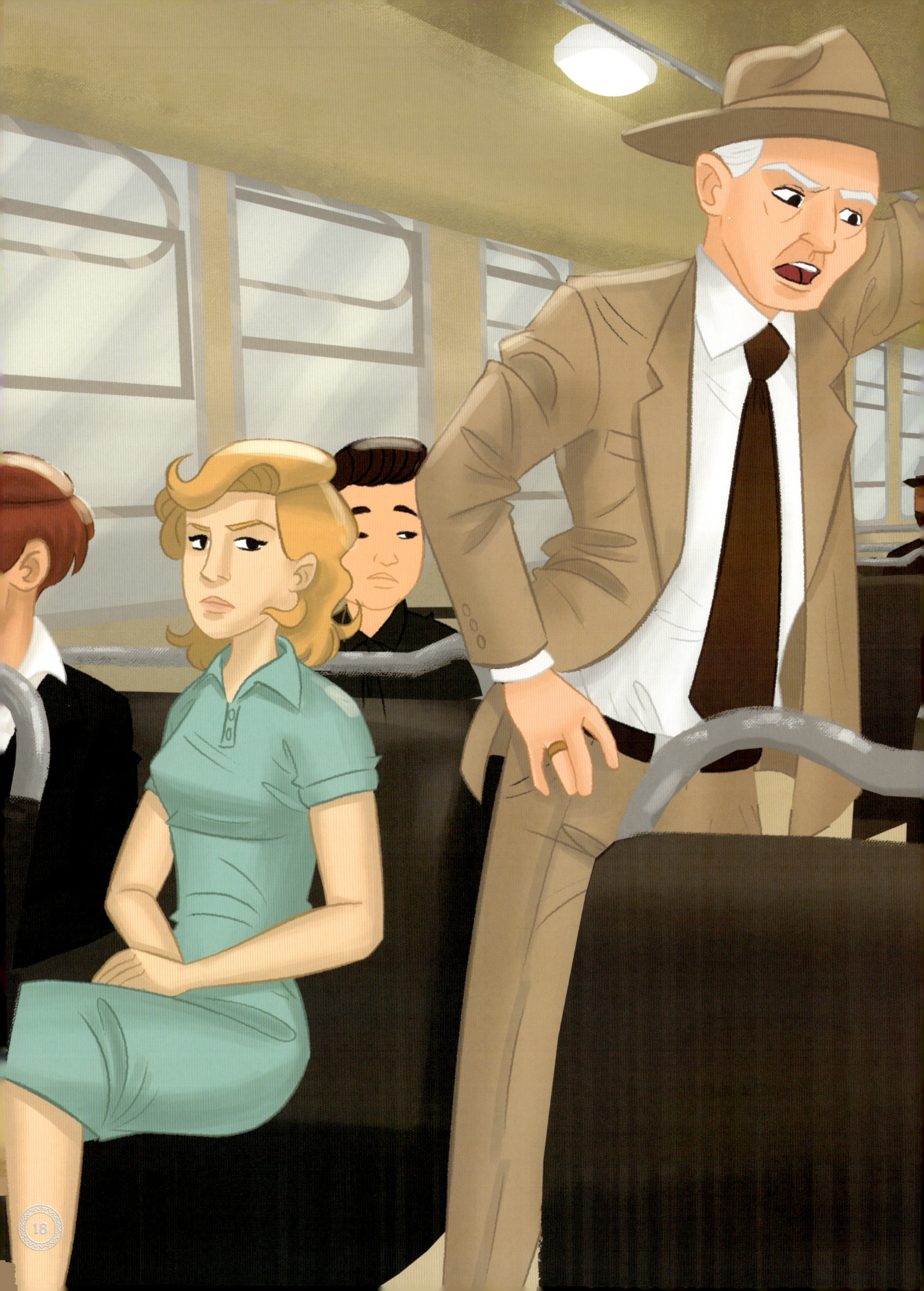

Foi então que, após um dia de trabalho, Rosa entrou em um ônibus e sentou-se num lugar para negros próximo ao meio do ônibus. Minutos depois, os lugares reservados aos brancos estavam lotados, e um homem ordenou que ela se levantasse. Rosa estava farta, aquela injustiça não poderia continuar. Ela respondeu tranquilamente que não se levantaria. O homem insistiu, mas ela não mudou sua posição, o que resultou na sua prisão.

Ao ser levada para a cadeia, Rosa Parks disse que não aceitaria mais injustiças como aquela. Como não tomavam atitude diante de um caso como o de Emmett, enquanto ela era presa por simplesmente se recusar a ceder seu assento no ônibus a um passageiro branco?!

O ato de Rosa não foi em vão. A notícia de sua prisão rapidamente chegou aos ouvidos dos principais líderes que lutavam pelos direitos civis na época, como o pastor negro que se tornaria um de seus principais parceiros nessa luta, Martin Luther King. Martin e Rosa iriam militar juntos por muitos anos. Embora Rosa nunca tenha assumido um papel de destaque entre os líderes do movimento, ela sempre esteve presente apoiando suas ações.

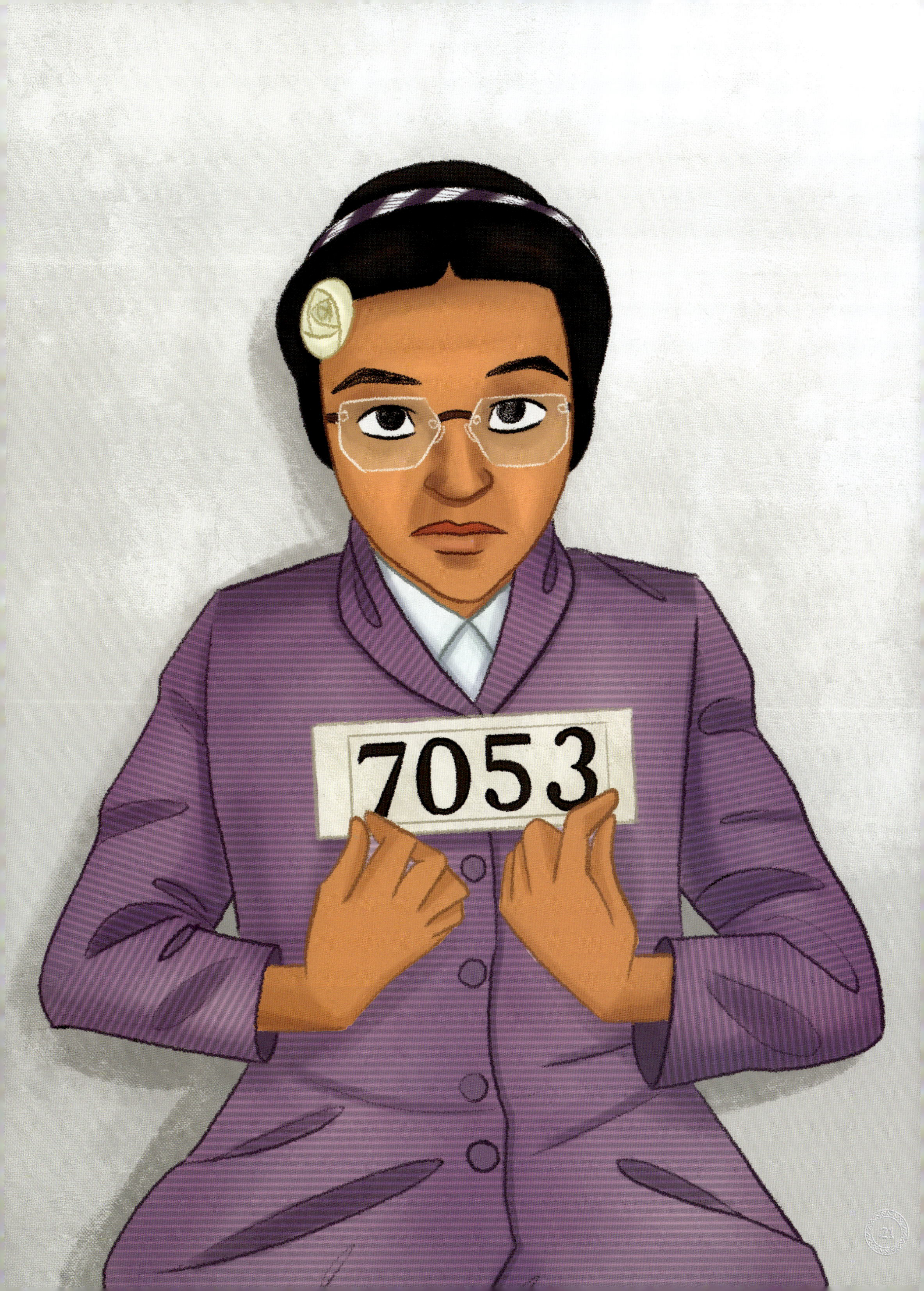
7053

Então, em dezembro de 1955, começou o primeiro de uma série de eventos que mudaria a história dos negros nos Estados Unidos: o boicote aos ônibus de Montgomery. Durante 382 dias, os negros andaram a pé, de carona, de bicicleta, etc., mas não entraram nos ônibus. Um grande clima de colaboração pairava no ar, e cada um se orgulhava de fazer parte daquele ato histórico, assim como Rosa Parks, a precursora de toda a movimentação.

A pressão foi tanta que a Suprema Corte Americana declarou, no dia 13 de novembro de 1956, que a segregação nos transportes públicos era ilegal e não poderia continuar. Quando o primeiro ônibus passou pela rua, no dia 14, Martin Luther King estava lá para entrar no ônibus e sentar-se em qualquer lugar. Mas a luta continuava, e haveria muitas conquistas pela frente.

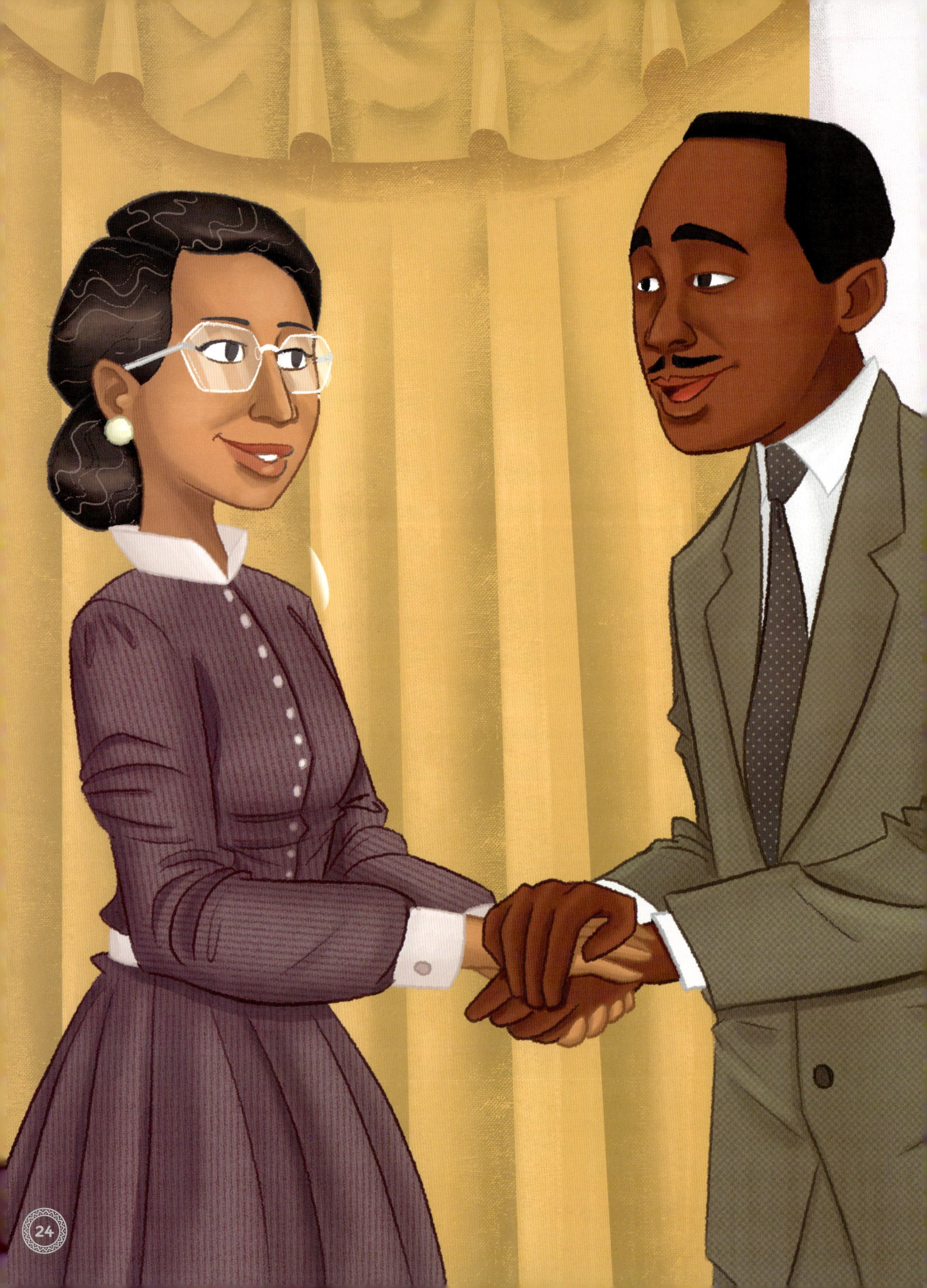

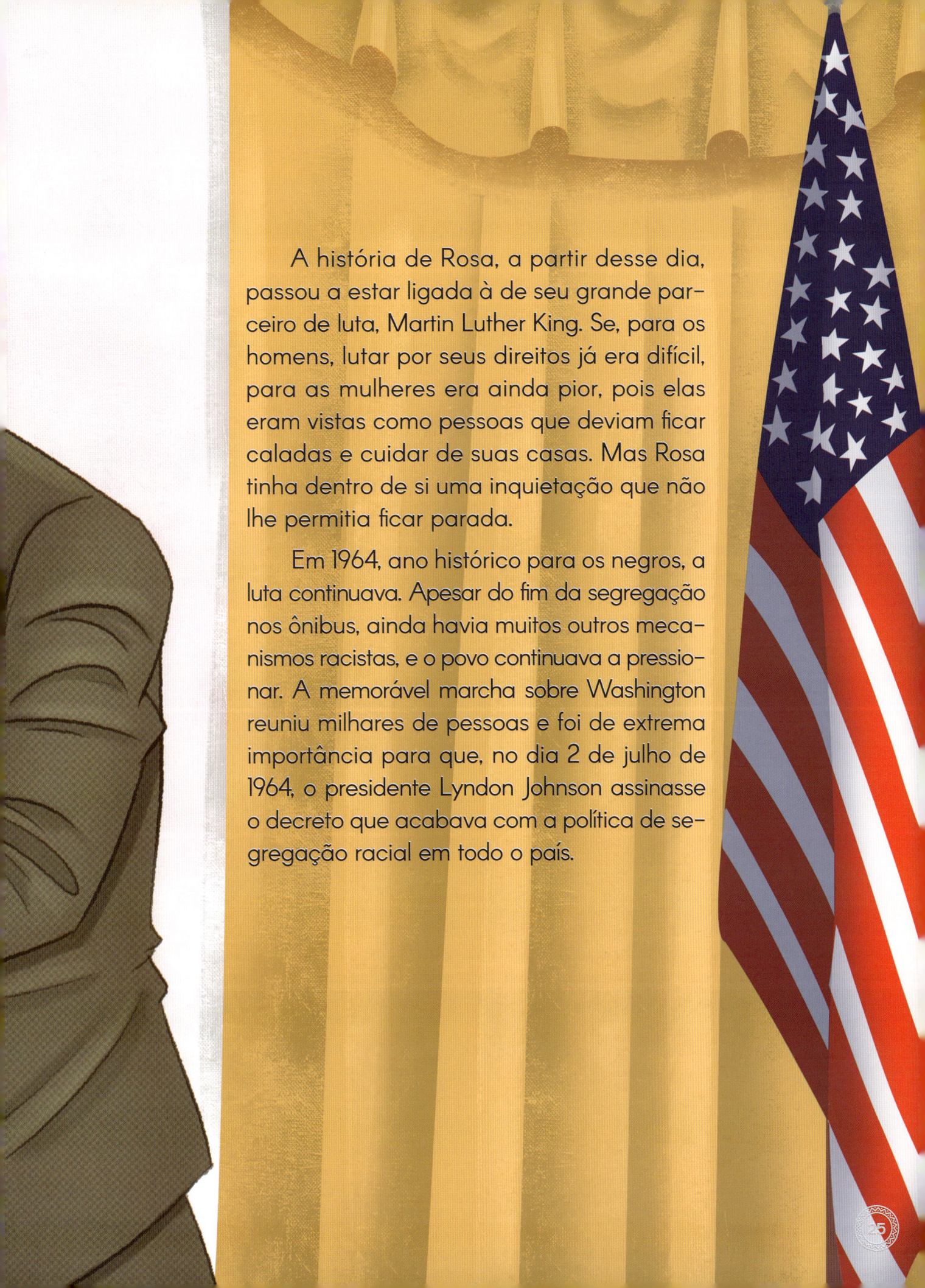

A história de Rosa, a partir desse dia, passou a estar ligada à de seu grande parceiro de luta, Martin Luther King. Se, para os homens, lutar por seus direitos já era difícil, para as mulheres era ainda pior, pois elas eram vistas como pessoas que deviam ficar caladas e cuidar de suas casas. Mas Rosa tinha dentro de si uma inquietação que não lhe permitia ficar parada.

Em 1964, ano histórico para os negros, a luta continuava. Apesar do fim da segregação nos ônibus, ainda havia muitos outros mecanismos racistas, e o povo continuava a pressionar. A memorável marcha sobre Washington reuniu milhares de pessoas e foi de extrema importância para que, no dia 2 de julho de 1964, o presidente Lyndon Johnson assinasse o decreto que acabava com a política de segregação racial em todo o país.

Passo a passo, eles iam vencendo. Entretanto, ainda existiam muitas cidades e estados nos quais as pessoas que ocupavam cargos de poder eram preconceituosas e dificultavam a vida dos negros em tudo. Era assim em Selma (Alabama), cidade com a maioria da população negra, mas quase sem nenhum líder negro, pois os negros eram impedidos de exercer o seu direito ao voto.

Foi nessa época que Rosa e os líderes do movimento decidiram partir para Selma e realizar uma grande marcha com destino à cidade de Montgomery. Tudo seria feito de forma pacífica, mas foram dias sangrentos, pois a oposição se manteve firme em não permitir que a marcha acontecesse. Depois de muita insistência, o presidente Johnson liberou um decreto garantindo o direito ao voto a toda a população negra. Foi assim que Rosa Parks, Martin Luther King e outros líderes do movimento negro puderam marchar em paz e conquistar mais uma vitória rumo à liberdade.

As dificuldades sempre marcaram presença na vida de Rosa. Morando em Detroit desde 1957, ela não conseguia emprego e sofria ameaças de morte constantes. Mas ela nunca desistiu, e, pouco a pouco, foram reconhecendo a sua importância. Em 1976, Rosa recebeu sua primeira homenagem: a cidade de Detroit renomeou a *12th Street* como *Rosa Parks Boulevard*. No estado de Michigan, também existe um dia para homenageá-la: o dia 4 de fevereiro.

Diferente de outros líderes do movimento negro, Rosa não foi assassinada e pôde exercer sua influência e seu papel na sociedade até o fim de sua vida. Ao longo de sua jornada, ela enfrentou muitos obstáculos, mas foi sempre reconhecida pelos seus companheiros. Em 1979, recebeu a medalha Spingarn da associação da qual fez parte por quase toda a vida, a NAACP. Em 1999, o então presidente dos Estados Unidos, Bill Clinton, condecorou Rosa Parks, que tinha 88 anos, com a Medalha de Ouro do Congresso norte-americano (*Congressional Gold Medal*).

Rosa Parks deixou um legado para a humanidade com seus exemplos e seus feitos. Como ela gostava de dizer: "Viva sua vida de modo que ela seja um exemplo para você mesmo". Essa é uma das missões do Instituto Rosa e Raymond, que existe até hoje nos Estados Unidos e auxilia na educação de adolescentes e jovens, garantindo que eles se apropriem de seus direitos e mantenham a luta viva, seguindo o modelo de Rosa de lutar sem violência e persistir até o final.

Rosa Parks escreveu quatro livros: *Rosa Parks: My Story*, de Rosa Parks e Jim Haskins; *Quiet Strength*, de Rosa Parks e Gregory J. Reed; *Prezada Sra. Parks: Um diálogo com a juventude de hoje*, de Rosa Parks e Gregory J. Reed, livro que recebeu o Prêmio de Imagem da NAACP por melhor trabalho literário infantil em 1996; e *I am Rosa Parks*, de Rosa Parks e Jim Haskins, para crianças da educação infantil.

Em 4 de fevereiro de 2005, o aniversário de 92 anos de Rosa Parks foi celebrado na Igreja Batista Calvary em Detroit. Estudantes das escolas públicas da cidade fizeram um ato em sua homenagem chamado "Disposto a ser preso", uma reconstituição da prisão de Rosa. Também em 2005, o compositor Hannibal Lokumbe estreou uma sinfonia original chamada *Querida senhora Parks*. Lokumbe fez esse trabalho como parte da "Classical Roots Series" da Orquestra Sinfônica de Detroit.

Um exemplo silencioso de coragem, dignidade e determinação, Rosa Parks era e continua sendo um símbolo para todos permanecerem livres. Rosa Parks deixou o mundo de forma tranquila, em 24 de outubro de 2005, e permanece viva nos seus feitos e em nossa memória.

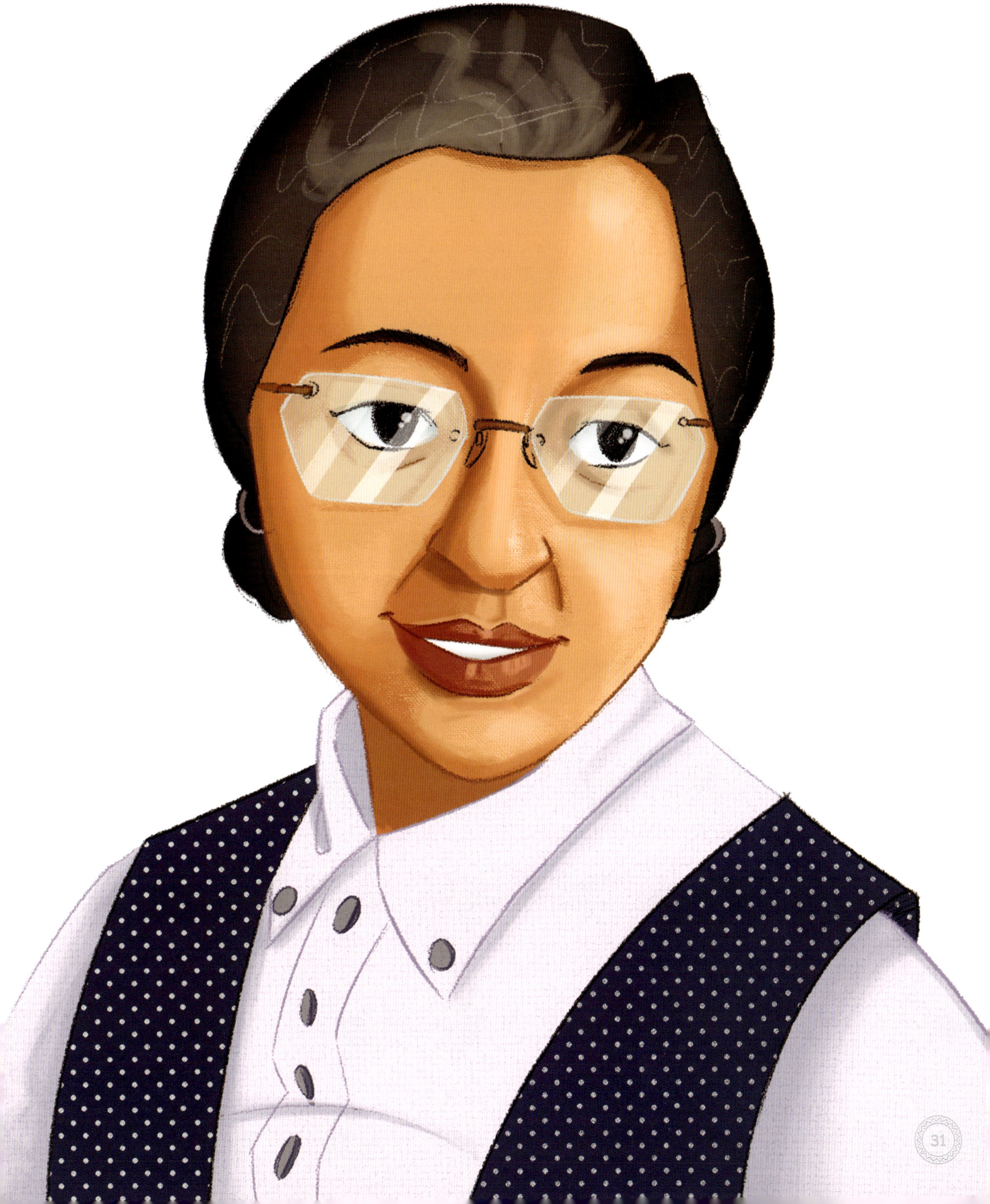

Querido leitor,

A editora MOSTARDA é a concretização de um sonho. Fazemos parte da segunda geração de uma família dedicada aos livros. A escolha do nome da editora tem origem no que a semente da mostarda representa: é a menor semente da cadeia dos grãos, mas se transforma na maior de todas as hortaliças. Assim, nossa meta é fazer da editora uma grande e importante difusora do livro, e que nessa trajetória possamos mudar a vida das pessoas. Esse é o nosso ideal.

As primeiras obras da editora MOSTARDA chegam com a coleção BLACK POWER, nome do movimento pelos direitos dos negros ocorrido nos EUA nas décadas de 1960 e 1970, luta que, infelizmente, ainda é necessária nos dias de hoje em diversos países.

Sempre nos sensibilizamos com essa discussão, mas o ponto de partida para a criação da coleção ocorreu quando soubemos que dois de nossos colaboradores, Renan e Thiago, já haviam sido vítimas de racismo. Sempre os incentivamos a se dedicar ao máximo para superar os obstáculos e os desafios de uma sociedade injusta e preconceituosa. Hoje, Thiago é professor de Educação Física, e Renan, que está se tornando um poliglota, continua no grupo, destacando-se como um dos melhores funcionários.

Acreditando no poder dos livros como força transformadora, a coleção BLACK POWER apresenta biografias de personalidades negras que são exemplos para as novas gerações. As histórias mostram que esses grandes intelectuais fizeram e fazem a diferença.

Os autores da coleção, todos ligados às áreas da educação e das letras, pesquisaram os fatos históricos para criar textos inspiradores e de leitura prazerosa. Seguindo o ideal da editora, acreditam que o conhecimento é capaz de desconstruir preconceitos e abrir as portas do pensamento rumo a uma sociedade mais justa.

Pedro Mezette
CEO Founder
Editora Mostarda

EDITORA MOSTARDA
www.editoramostarda.com.br
Instagram: @editoramostarda

© A&A Studio de Criação, 2019

Direção:	Fabiana Therense
	Pedro Mezette
Coordenação:	Andressa Maltese
Texto:	Gabriela Bauerfeldt
	Maria Julia Maltese
	Orlando Nilha
Revisão:	Marcelo Montoza
	Nilce Bechara
Ilustração:	Leonardo Malavazzi
	Lucas Coutinho
	Kako Rodrigues

Nota: Os profissionais que trabalharam neste livro pesquisaram e compararam diversas fontes numa tentativa de retratar os fatos como eles aconteceram na vida real. Ainda assim, trata-se de uma versão adaptada para o público infantojuvenil que se atém aos eventos e personagens principais.

Dados Internacionais de Catalogação na Publicação (CIP)
(Câmara Brasileira do Livro, SP, Brasil)

Bauerfeldt, Gabriela
  Rosa : Rosa Parks / Gabriela Bauerfeldt ; [ilustrações Leonardo Malavazzi]. -- 1. ed. -- Campinas, SP : Editora Mostarda, 2019. -- (Coleção black power)

  ISBN 978-65-80942-03-9

  1. Mulheres afro-americanas - Alabama - Montgomery - Biografia - Literatura infantojuvenil 2. Mulheres afro-americanas - Direitos civis - Alabama - Montgomery - História - Século 20 - Literatura infantojuvenil 3. Parks, Rosa, 1913-2005 - Literatura infantojuvenil 4. Segregação racial - Alabama - Montgomery - História - Século 20 - Literatura juvenil I. Malavazzi, Leonardo. II. Título. III. Série.

19-29398   CDD-028.5

Índices para catálogo sistemático:

1. Rosa Parks : Biografia : Literatura infantojuvenil   028.5
2. Rosa Parks : Biografia : Literatura juvenil   028.5

Cibele Maria Dias - Bibliotecária - CRB-8/9427